Elke Mayer • Wenn's dumm kommt heißt man Teilchen …

Elke Mayer

Wenn's dumm kommt
heißt man Teilchen …

Eine Automiezographie

2016

Bibliografische Information der Deutschen Nationalbibliothek:
Die Deutsche Nationalbibliothek verzeichnet diese Publikation
in der Deutschen Nationalbibliografie; detaillierte bibliografische
Daten sind im Internet über dnb.dnb.de abrufbar.

Herstellung und Verlag:
BoD – Books on Demand, Norderstedt

ISBN 3-978-8482-0858-6

Inhaltsverzeichnis

Auf einmal bin ich da 7
Vom Wachsen und von
        Badewannen und Putzeimern 11
Meine Menschen 15
Alles ändert sich 19
Feli geht fort 23
Oma und ich 27
Der schwarze Katzenfänger 31
Ich hänge in der Luft 35
Wir ziehen wieder um
        und ich bekomme eine Wiese 39
Eine große Knallerei und der
        Beginn einer großen Liebe 45

Ab heute bin ich da

Ich bin ich. Auf einmal war ich da. Warum, das weiß ich nicht. Noch vier andere wie ich liegen mit mir in dem Ding, das die Zweibeiner „Körbchen" nennen. Und das große, weiche Etwas ist da – meine Mama mit den wunderbaren Zapfstellen und der zärtlichen Zunge.

Die Zweibeiner stören etwas. Sie sind anders. Sie stecken den ganzen Tag ihre großen Köpfe in unser gemütliches Körbchen und sagen albernes Zeug wie „sind das süße Kätzchen!" Sie haben kein kuscheliges Fell. Sie sind glatt und nackt. Arme Geschöpfe. Außerdem reden sie zuviel und stinken nach unangenehmen Dingen. Hoffentlich verschwinden sie bald wieder. Sie stören nur.

Trinken. Satt werden. Kuscheln. Schlafen.
So ist es gut. So könnte es für immer bleiben.
Es ist nicht so geblieben.

Die Zweibeiner kommen immer öfter. Sie holen meine Geschwister und mich immer wieder aus dem Körbchen, halten uns in ihren großen

Händen und betrachten uns eingehend. Sogar an Stellen, die doch sehr privat sind!

„Huch, das ist ein Mädchen", sagt so ein Blödmann ziemlich laut zu mir.

Na gut, ich bin also ein Mädchen. „Und jetzt lass mich los und setz mich wieder ins Körbchen", antworte ich. Aber irgendwie hat er mich nicht so ganz verstanden. „Wie süß die maunzt", flötet er nur und beschwert sich dann „ich will aber lieber einen Jungen!"

Na, zum Glück. Was heißt hier überhaupt „er will" … ich werde wohl gar nicht gefragt. Ich will meine weiche Mama und sonst niemanden.

Trinken. Satt werden. Kuscheln. Schlafen.

So ist es gut. So soll es für immer bleiben. Mich bekommt niemand.

Es hat sich was verändert.

Nur noch zwei von uns sind da. Meine Mama ist auch nicht mehr das, was sie mal war. Zwar hat sie uns in den letzten Tagen viel über die Zweibeiner, die Menschen, verraten, aber sie hat offensichtlich keine Lust mehr, uns ihre Zapfstellen zur Verfügung zu stellen. Glücklicherweise hat sich der Zweibeiner, bei dem unser Körbchen steht, dazu entschlossen, uns jeden Tag was zu futtern hinzustellen. Auch gut.

Fressen. Satt werden. Spielen. Schlafen.
So ist es gut. So muss es für immer bleiben.
Es ist nicht so geblieben.

Heute morgen sind wieder andere Zweibeiner gekommen und sie haben mich mitgenommen. Ein großes Mädchen und ein kleines Mädchen. Das große Mädchen hat gesagt: „Komm, wir nehmen das kleine Teilchen da mit." Und dann haben sie mich mitgenommen. Lieb sind sie ja zu mir. Ich darf in ihren großen, warmen Händen liegen und sie streicheln mich. Und bestimmt werden sie mir einen wunderbaren Namen geben – ja, das werden sie! Meine Mama hat mir erzählt, dass Katzen wunderbare Namen bekommen. Semiramis oder Aphrodite vielleicht. Ich freu mich schon auf meinen Namen. Ich finde, ich sehe mindestens wie eine Aphrodite aus oder auch wie eine Mona Lisa!
In meiner neuen Wohnung gibt es noch eine Katze. Feli heißt sie. Sie hat mich leider nicht so freundlich empfangen wie die Zweibeiner. Genauer gesagt hat sie mich angefaucht und mir dann eine Ohrfeige gegeben, als ich ihren Schwanz fangen wollte. Kann ich gar nicht

verstehen. Spielen macht doch soviel Spaß! Wenn ich einen Bogen um sie mache, dann lässt sie mich in Ruhe. Fein. Aber eigentlich mache ich nicht so gerne Bögen. Ich spiele viel lieber Fangen. Mir geht es gut hier. Ich bekomme leckeres Essen und darf mich nachts an die kleine Menschin kuscheln.

So ist es gut. So kann es bleiben.

Nur einen Namen habe ich immer noch nicht. Aber in diesem Haus ist sowieso alles etwas verdreht. Die Menschen legen sich jeden Abend in unsere herrlich großen Körbchen und decken sich mit unseren weichen Decken zu. Ganz schön frech. Wenigstens lassen sie mich mit im Körbchen schlafen. Wär ja auch noch schöner, mich aus dem Körbchen zu vertreiben. Mal abwarten …

Fressen. Spielen. Schlafen. Die große Katze ärgern. So ist es gut. So kann es bleiben.

Ach ja… das mit dem wunderbaren Namen hat nicht ganz geklappt. Sie nennen mich einfach Teilchen – nicht sehr schmeichelhaft…

Vom Wachsen und von Badewannen und Putzeimern

Ich bin immer noch ich. Und ich wachse. Glaub ich. Fressen kann ich auf jeden Fall Unmengen! „Wie ein Scheunendrescher“ sagt die große Zweibeinerin immer. Und von der kleinen bekomme ich immerzu kleine Leckerlis zwischendurch. Deswegen hab ich sie auch ganz doll lieb und beiße sie am liebsten in den großen Zeh.

Überhaupt – die Zehen der Menschen sind unwiderstehlich. Sie bewegen sich dauernd. Komisch nur, dass die beiden großen Zweibeiner gar nicht begeistert sind, wenn ich mich mit einem wilden, wagemutigen Sprung darauf stürze und mich dann festkralle und reinbeiße.

Nun ja, man kann es nicht jedem recht machen. Der großen Katze scheine ich es auch nie recht zu machen. Immerzu knurrt und faucht sie, wenn ich mit ihr spielen will. Und ihr Schwanz ist doch sooooo schön! Dick und buschig und immer in Bewegung. Ich habe mir jetzt schon einige Ohrfeigen von ihr eingefangen. Aber ich gebe nicht auf – ich doch nicht! Außerdem bin ich sowieso die schnellste in der Wohnung. Ich schaffe es durch jede Tür, bevor die Menschen es schaffen, sie hinter sich zu schließen. Ätsch.

Und ich kann jetzt Riesensätze machen. Vom Sofa auf den Couchtisch. Dann vom Couchtisch weiter auf den Tisch mit dem Computer. Das gefällt der großen Zweibeinerin aber nicht so gut. Dabei laufe ich ganz zart und samtpfötig über das Ding mit den vielen Klappertasten. Aber jedes Mal ruft sie empört: „Teilchen, jetzt hast du schon wieder den Bildschirm ausgeschaltet!" Offensichtlich treffe ich jedes Mal genau die Klappertasten, die ihn ausschalten. Fein. Ich bin eben ein schlaues Teilchen!

Ach ja … was ich besonders liebe ist das große, weiße Ding, das die Zweibeiner „Badewanne" nennen. Da bin ich auf den Rand gehopst und erst mal ‚reingeplumpst. Macht ja nix, gar nix. Ich hab ganz schnell herausgefunden, wie man wieder rauskommt! Wenn ich meine Krallen nicht ausfahre, sondern schön eingezogen lasse, dann kann ich auch wieder zurück auf den Rand springen!

Aber neulich hat Frauchen auf einmal an einem Schalter gedreht, und dann ist ein nasser, scheußlicher Strahl in die Wanne gelaufen. Brrrrrrr ... so schnell war ich noch nie aus der Wanne draußen! Aber morgen gehe ich wieder rein. So.

Überhaupt – Nasses mag ich nicht so gern. Gestern bin ich in den Putzeimer gefallen. Ich bin so graziös auf dem Rand der Badewanne entlangstolziert. Wirklich elegant. Und dann bin ich auf einmal ausgerutscht. Weil die dummen Zweibeiner immerzu Nasses auf und in der Wanne zurücklassen. Und „platsch" lag ich im Putzeimer. Aber in zwei Sekunden war ich wieder draußen! Den Satz hättet ihr mal sehen sollen! Versteh ich gar nicht, dass Frauchen nur gesagt hat ich solle froh sein, dass noch kein Putzmittel und Schaum im Wasser war! Dann wäre ich doch sicher noch schöner geworden und dann hätten sie mir einen anderen Namen geben müssen. Aphrodite, die Schaumgeborene! Es hat aber zwei Stunden gedauert, bis ich mich wieder trockengeleckt hatte und ich heiße immer noch Teilchen ...

So. Jetzt bin ich müde. Ich werd mich zu der kleinen Zweibeinerin ins Körbchen legen und dann kuschle ich mich ganz eng an sie. Und wenn ich heute Nacht aufwache und Lust zu Spielen habe, dann weck ich sie einfach auf. Ja, das mache ich ...

Meine Menschen

Ich bin gewachsen. Ein ganz schönes Stück, find ich. Und weite Sprünge kann ich jetzt machen und klettern wie ein Steilwandfahrer. Ja, ich bin richtig zufrieden mit mir. Nur mit meinem Namen nicht. Wer will schon Teilchen heißen?

Wenigstens weiß ich jetzt, wie meine Zweibeiner heißen. Die beiden großen heißen Uschi und Willibald und die kleine wilde heißt Martha. Das tröstet mich etwas. Willibald ist ja auch nicht gerade ein besonders schöner Name. Dann schon lieber Teilchen.

Jeden Tag treibe ich Sport um groß und stark zu werden. Letzte Woche habe ich gelernt, an der Gardinenstange in der Küche Klimmzüge zu machen. Leider ist die Stange samt Gardine immerzu runtergekracht. Das sei eine Bistro-Gardine und kein Sportgerät hat Uschi geschimpft. Ich finde, es ist ein wunderbares Sportgerät mit Schleier! Jetzt hängt in der Küche keine Gardine mehr. Schade.

Ich sei eine ganz Schlimme, sagen Uschi und Willibald immer. Ich sei nur schlafend zu ertragen. Warum legen sie sich denn dann nicht einfach hin und schlafen? Solange sie zum Dosenöffnen und Katzenkloputzen aufwachen reicht es doch. Ich hab schon gemerkt, dass ich sie besser erziehen muss. Genau wie meine große Katzenkollegin. Feli grummelt immer noch, wenn ich mit ihr spielen will. Aber ich trau mich immer mehr und hab ü-ber-haupt keine Angst vor ihr. Das ärgert sie wohl … und das freut mich. Heute abend werd ich wieder versuchen, ihren Schwanz zu fangen. Und weil ich so schnell bin kann ich ihren Pfotenhieben immer ausweichen – das macht richtig Spaß!

Gestern war eine neue Zweibeinerin zu Besuch da. Oma heißt sie. Die war vielleicht lieb zu mir. Die hat mich so gekrault und gestreichelt, dass ich einfach eingeschlafen bin und den ganzen Nachmittag gepennt hab. Sag ich doch, dass ich brav bin.

So. Menno, jetzt musste ich mich erst mal eine Stunde lang trocken lecken, denn Uschi hat mich geduscht. Ich bin nämlich vorhin ins Klo gefallen. Ich wollte auf dem Rand balancieren und hab einen eleganten Satz hinauf gemacht. Leider hab ich mich verschätzt und bin etwas zu weit gesprungen. Zum Glück war Uschi auch im Bad und hat mich gleich wieder rausgeangelt. Zuerst hat sie fürchterlich geschimpft, dann laut gelacht, aber dann … dann hat sie mich unter die Dusche gehalten. Das war schrecklich!

Was haben die auch für blöde Klos, die Zweibeiner. Mit Wasser drin. Unsere Klos sind trocken und schön fein mit Streu gefüllt. Wir machen, was wir machen müssen und dann buddeln wir es ein. So wie es sich gehört!

Jetzt bin ich müde und muss erst mal neue Kräfte sammeln. Schlaft gut, ihr Zweibeiner alle. Und heute Nacht, wenn ich wieder wach bin, werd ich wohl der Wohnzimmergardine noch ein paar neue Löcher verpassen. Sie hat schon ein völlig neues, sehr ausgefallenes Muster. Richtig stolz bin ich darauf …

Alles ändert sich

Wir ziehen um.

Das sagen zumindest meine Menschen.

Umziehen muss was sehr Anstrengendes sein, denn sie packen den ganzen Tag große Kartons und unsere Wohnung wird immer leerer und die Kartonstapel immer höher.

„Teilchen, geh aus dem Weg", rufen sie dauernd und manchmal müssen sie mich auch suchen, wenn ich mich in einem Karton verstecke.

Überhaupt – ich liebe diese Kartons. Ich kann einfach nicht widerstehen. Wenn einer offensteht, dann bin ich drin. Und manchmal springe ich mit einem Riesensatz auf den höchsten Stapel, denn nichts geht über eine gute Aussichtsplattform.

Feli liegt den ganzen Tag auf der Fensterbank und beobachtet das Treiben.

Sie sagt, sie kennt das schon. Menschen ziehen immer wieder in neue Behausungen und kaum hat man sich eingewöhnt und fühlt sich sicher und wohl, dann geht's schon wieder los und etwas Neues kommt auf einen zu.

„Teilchen, ein völlig neues Leben kommt auf uns zu", ruft Martha mitten im größten Chaos eines Tages begeistert, „die Oma wird in der neuen Wohnung bei uns wohnen!"

Oma – war das nicht die mit dem weichen, warmen Schoß und den Händen, die so lieb gestreichelt haben? Auf ihrem Schoß konnte man wunderbar Platz nehmen und sich einrollen, denn sie trug immer Röcke. Nicht so blöde Hosen wie die anderen Menschen. Wenn man denen auf den Schoß springt, dann wird es ziemlich unbequem und man droht ständig, herunterzurutschen. Röcke sind viel, viel besser. Wie weiche, sanfte Hängematten. Nur mit Heizung drunter – das ist das Beste überhaupt!

So sind wir also eines Tages umgezogen.

Die neue Behausung ist riesengroß und sie hat etwas, was meine Menschen Balkon nennen.

Ich nenne es Frischluftzimmer. Nicht nur irgendeinen Balkon, nein, einen riesengroßen Balkon mit einem Geländer auf dem man wunderbar balancieren kann.

Feli hat das auch probiert aber sie hat sich zu blöd angestellt. Hing über dem Geländer wie ein nasser Sack und Uschi musste sie runterpflücken. Feli wird wohl alt.

Und unzählige Bücherregale haben wir, auf denen man herrlich spazieren gehen kann!

Viel Besuch haben wir jetzt in der großen Wohnung. Junge Menschen für Martha, mittelalte Menschen für Uschi und Willibald und viele nette alte Menschen für die Oma.

Ja, hier ist immer was los und manchmal wird es mir schon zuviel. Feli ist sowieso genervt, sie will immer nur ihre Ruhe.

Einmal hat uns ein Mann mit einem großen Hund besucht. Das war schrecklich.

Feli und ich sind ganz entsetzt auf die Fensterbank geflüchtet und uns haben sich alle Haare aufgestellt.

„Wie zwei Flaschenbürsten seht ihr aus", hat Uschi gelacht. „Nein, wie zwei Klobürsten", hat Willibald dann festgestellt. Er ist nicht sehr romantisch.

Aber die schönste Neuerung ist die Oma.

Die hat jetzt in der Wohnung ein eigenes Zimmer und ein eigenes großes Körbchen, ihr Bett.

Da kuschle ich mich am liebsten rein und nachts darf ich bei ihr schlafen.

Sie hat einen Bewohner mit sich gebracht. Das Ding nennt sich Schildkröte und ist äußerst lahmarschig. Schildkröte ist ein anderer Name für Langeweile, finde ich. Bis die

Schildkröte einen Schritt gemacht hat, bin ich durch die ganze Wohnung geflitzt. Nein, so richtig spielen kann man mit der nicht.

Auch einen eigenen Fressplatz hat die Oma mir in ihrem Zimmer eingerichtet und jedesmal, wenn ich nach ihr schaue, bekomme ich Leckerlis.

So ist es gut, so kann es immer bleiben. Es ist nicht so geblieben.

Feli geht fort

Feli und ich, wir haben ein wunderbares Leben in der neuen Wohnung. Tagsüber sind Oma und wir zwei allein.

Die anderen sind irgendwohin verschwunden und kommen dann auf geheimnisvolle Weise mittags oder abends wieder zurück.

„Sie gehen arbeiten", hat Feli mir erklärt und das habe ich irgendwie gar nicht verstanden.

Wer geht schon freiwillig jeden Tag aus dem Haus?

„Geld verdienen müssen sie, Dummerchen", hat Feli dann geseufzt und sich wieder auf der Fensterbank im Wohnzimmer eingerollt.

Das ist mir entschieden zu kompliziert und ich finde, dass es Katzen eindeutig besser haben als Menschen. Wozu braucht man denn Geld?

Leckeres Futter ist doch immer da und ein gemütliches Zuhause haben wir auch.

Seltsam, was die Menschen so jeden Tag treiben …

Immer wenn Uschi mittags wieder zurückkommt, dann geht Feli zur Tür und freut sich und begrüßt sie zärtlich. Feli liebt Uschi.

Und ich liebe die Oma. So haben wir beide unsere ganz privaten Lieblingsmenschen und führen ein herrliches Katzenleben!

Seit einiger Zeit aber hat Feli keinen großen Appetit mehr und rührt ihr Futter kaum noch an.

Das verstehe ich überhaupt nicht – so was könnte mir nie passieren. Ich fresse höchstens mal zu viel und wenn es mich dann im Bauch drückt und zwickt, dann spucke ich es halt wieder aus.

Aber bei Feli ist es irgendwie anders. Sie wird immer dünner.

„Meine liebe Feli ist krank", jammert Uschi dauernd und stellt ihr die leckersten Sachen hin.

Das finde ich ziemlich ungerecht und flitze dann immer schnell in Omas Zimmer und maunze sie kläglich an. Das kann ich richtig gut. Dann bekomme ich Leckerlis. So. Ich muss schließlich auch gucken, wo ich bleibe.

Es wird jeden Tag schlimmer mit Feli.

„Jetzt stell dich doch nicht so an", habe ich zu ihr gesagt als sie ziemlich wackelig durch die Wohnung getapst ist.

„Ich kann nichts mehr sehen" hat Feli geantwortet, „deshalb laufe ich langsam und vorsichtig."

Am Abend hat Uschi dann in Willibalds Armen bitterlich geweint. „Jetzt ist sie auch noch blind, meine arme Feli."

Uschi geht jetzt jeden Tag mit Feli zur Ärztin. Wegen Felis Nieren. Was hat sie auch Nieren? Ich habe keine Nieren und mir geht es ganz prima. Mit mir war Uschi nur einmal dort und ich habe keine sehr gute Erinnerung an diesen Tag.

„Da würd ich freiwillig nie hingehen, Feli, keine Pfote würd ich da hineinsetzen …"

„Dummerchen", hat Feli leise gesagt, „du kleines Dummerchen …"

Jetzt spricht Feli gar nichts mehr mit mir. Ob sie böse auf mich ist?

Heute nachmittag ist Uschi mit Feli wieder zur Frau Doktor gegangen und dann alleine und mit verweinten Augen wieder nachhause gekommen.

„Ach Teilchen, unsere liebe Feli ist jetzt im Katzenhimmel", hat sie geschluchzt.

Ganz nass hat sie mich gemacht mit all dem Wasser, das aus ihren Augen geflossen ist. Und Nasses kann ich überhaupt nicht leiden.

Deshalb hab ich mich in Omas Zimmer geflüchtet. Aber die Oma hat auch geweint. Und

Martha auch. Und ich musste mein schönes Fell
ewig lange trockenlecken.

Jetzt bin ich echt sauer. Die Feli soll bloß schnell
wieder aus dem Katzenhimmel zurückkom-
men damit alles wieder so wie immer ist. Ich
werde dann auch ein bisschen netter zu ihr
sein. Ein bisschen.
Ziemlich langweilig ist es jetzt hier den
ganzen Tag. Die Schildkröte sorgt auch nicht
gerade für Unterhaltung. Hat den ganzen Tag
das Maul zu und schleicht vor sich hin. Nein,
wirklich spannend ist sie nicht.
Zum Glück gibt's die Oma. Die ist immer da
und sie schimpft mich nie. Nicht mal, wenn ich
auf ihren Teppich spucke.

Feli ist nicht mehr zurückgekommen.
Jetzt soll sich aber bitteschön nichts mehr än-
dern.
Es ändert sich trotzdem was.

Oma und ich – das Dreamteam

Nun ist wieder alles ganz anders geworden.

Menschen sind wirklich anstrengende Geschöpfe.

Zuerst ist Martha ausgezogen und mit einem Menschen, den sie ihren Freund nennt, in eine neue Behausung gegangen.

Dann ist Uschi krank geworden. Sie kann nicht mehr richtig laufen. Versteh ich nicht, ganz und gar nicht. Wie kann sie sich nur so anstellen? Ich kann immer laufen, rennen, flitzen.

Fest steht jedenfalls, dass sie mit Willibald in eine neue Wohnung zieht. Behindertengerechte Wohnung nennen sie das. Hm, ich finde, dass Wohnungen in erster Linie katzengerecht sein sollten.

Und überhaupt – wo bleibe ich jetzt in all diesem Schlamassel?

„Teilchen, du kommst mit in meine neue Wohnung", hat die Oma entschlossen zu mir gesagt und mich wieder so lieb gestreichelt.

Das klingt gut, sehr gut. Und jetzt bin ich mal gespannt.

Wieder das gleiche Theater. Wohnung leer-
räumen, Kartons füllen, im Weg rumstehen.
Ja, die Menschen stehen wirklich immer und
überall im Weg rum.

Dann geht's eines Tages ab in den Transport-
korb und sie bringen mich fort. Das ist schrecklich und ich habe Angst.

Als der Korb wieder sicher hält und geöff-
net wird steht schon die liebe Oma vor mir und
lockt: „Teilchen, willkommen in unserem neu-
en Zuhause!"

Jetzt muss ich wieder eine neue Behausung
kennenlernen.

Aber die ist ziemlich klein und übersichtlich
und in fast jeder Ecke finde ich Näpfe mit lecke-
rem Essen.

Das nenn ich mal katzengerecht – da könnt
ich mich glatt dran gewöhnen.

Und wie schnell ich mich dran gewöhne!

Ein herrliches Leben ist das hier bei der Oma.
Jede Nacht darf ich mit in ihrem Bettchen schlafen und mit ihr kuscheln. Sie ist eine Königin
im Bauchkraulen!

In der ganzen Wohnung hat sie mir Futter-
plätze eingerichtet. Wenn ich mal was nicht
besonders mag, dann stellt sie mir sofort eine
neue Sorte Futter hin.

So sollte man Katzen behandeln – so und nicht anders!

Die Schildkröte hat sie leider auch mitgenommen. Aber die ist halt da und wird mit Salat gefüttert und ist langweilig wie eh und je.

Uschi und Willibald kommen regelmäßig zu Besuch. Ich kenne sie komischerweise kaum noch. Wenn Martha mal kommt, dann fauche ich und sie nennt mich „kleine Zicke“.

Eigentlich will ich nur noch mit Oma allein sein. Dumm genug, dass diese Schildkröte noch hier ist. Aber sie ist ja irgendwie nicht sehr verhaltensauffällig.

Alle anderen können getrost bleiben wo der Pfeffer wächst …

Jetzt ist es gut. So kann es immer bleiben.
Es ist nicht so geblieben.

Der schwarze Katzenfänger

Mein schönes Leben mit Oma, an das ich mich sooo gut gewöhnt hatte, wird immer beschwerlicher. Nicht für mich. Eigentlich nur für Oma.

Sie liegt fast den ganzen Tag im Bett und entweder schläft sie oder sie jammert. Sie steht eigentlich nur noch auf, um mir Essen hinzustellen.

Uschi und Willibald sind jetzt ziemlich oft hier bei uns und ich hasse diese Situation von ganzem Herzen und fauche und harke sie in ihre Beine.

Die Oma sagt dann immer:"Teilchen, sei froh, dass sie uns mit Essen versorgen."

Versteh ich nicht. Bei uns gibt es einen großen Schrank, da steht unendlich viel Futter für mich drin. Die Oma hat in ihrer Küche auch so einen Schrank. Kühlschrank heißt der. Da braucht uns nix und niemand wegen Futter zu stören.

Heute ist jedoch der schrecklichste aller Tage. Fremde Männer sind gekommen und haben mir die Oma weggenommen.

Einfach so aus ihrem Bett geholt, auf eine Trage gelegt und fortgerollt.

„Teilchen, die Oma muss ins Krankenhaus", hat Uschi gesagt . Martha, Willibald und sie waren auch dabei. Ich glaube, die anderen Menschen sind an der ganzen Misere schuld.

Hätten sie uns mal in Ruhe gelassen, die Oma und mich.

Jetzt bin ich ganz allein in der Wohnung. Ganz still ist es hier. Still und leer. Wer stellt mir jetzt mein Futter hin?

Ich leg mich erstmal in Omas Bett. Das riecht schön nach Oma. Da roll ich mich gemütlich ein und schlaf erstmal eine Runde.

Sehr unsanft werde ich geweckt. Jemand kommt ins Zimmer und versucht, mich zu packen. Ein großer, schwarz gekleideter Mann, der dauernd behauptet er sei Willibald.

Ich kenne keinen Willibald, ich kenne nur noch meine Angst. Flucht ist mein einziger Gedanke. Meine Panik verleiht mir Riesenkräfte und ich fauche, kratze und harke so gut ich nur kann.

Es wird eine wilde Jagd. Leider siegt der schwarze Katzenfänger und steckt mich in eine Box.

Dann nimmt er die Box und mich mit. Das ist das Ende. Ich habe Angst.

Jetzt bräuchte ich Feli. Sie wusste immer einen tröstlichen Rat und ich höre fast, wie sie mir zuredet: „Du Dummerchen, du kleines Dummerchen, unsere Menschen sorgen doch für uns und es wird schon alles gut!" Aber Feli ist nicht da und meine Angst und ich sind allein in der dunklen Kiste.

Nach einer langen Reise kommen wir irgendwo in einer anderen Behausung an. Jemand öffnet die Box und ich flüchte raus und ab auf die nächste Fensterbank, die ich finden kann.

„Teilchen, wir sinds doch, Uschi und Willibald", locken mich Menschenstimmen.

Nie. Ich kenne diese Leute nicht. Ich hasse sie aus tiefstem Herzen.

Erst nehmen sie mir die Oma weg, dann werde ich gehetzt bis ich nicht mehr kann und dann nehmen sie mir auch noch die Wohnung weg. Feinde sind das.

Die werden schon sehen wie ich morgen gegen sie kämpfe.

Aber jetzt leg ich mich erstmal hin und sammle neue Kräfte. Irgendwie bin ich sehr erschöpft.

Sehr unangenehm ist diese neue Situation. So soll es bitte nicht bleiben.

Ich hänge in der Luft

Heute nacht hab ich mal diese neue Behausung ein bisschen erkundet. Ganz vorsichtig und leise. Plötzlich bin ich dann auf die Schildkröte gestoßen.

Na so was – die haben sie also auch mitgenommen. Aber vielleicht gibt es ja noch mehr Schildkröten auf der Welt und in jedem Haus gibt es eine.

Die hier ist jedenfalls genau so langweilig wie die von Oma. Sitzt dumm in der Gegend herum und stiert vor sich hin.

Jetzt wird es langsam hell in der Wohnung und die Zweibeinerin, die behauptet Uschi zu sein, kommt in die Küche.

„Na, Teilchen, du kleines Dummerchen", sagt sie zu mir. Woher weiß die, wie ich heiße? Zur Sicherheit kratze ich ihr erstmal die Hand blutig.

„Autsch, du Zimtzicke", ruft Uschi und macht einen Bogen um mich.

Gut so – ich lass mir doch nichts gefallen, ich doch nicht!

Auf einmal kommt noch jemand in die Küche. Vor Schreck stellen sich meine Haare auf. Das ist der schwarze Katzenfänger!

In Nullkommanichts sitze ich auf dem Schrank und fauche so laut und so böse ich kann. Nochmal kriegt der mich nicht! „Na Teilchen, du kleines Dummerchen", höre ich schon wieder „ich bin's doch, der Willibald."

Die wollen sich wohl einschleimen bei mir, aber ich will die Oma zurück und alle anderen hasse ich.

Also vertreibe ich mir die Zeit mit hassen und Wohnung anschauen, mit fauchen und kratzen.

Immerhin gibt es ein schönes Katzenklo und Futter bekomme ich auch hingestellt.

Hätte schlimmer kommen können.

Trotzdem bin ich traurig. Traurig und einsam. Und der Katzenfänger macht mir immer noch Angst. Jeden Abend, wenn er heimkommt, verstecke ich mich.

„Teilchen, du kleines Dummerchen", sagt die neue Uschi dann, „du musst dich wohl oder übel an uns gewöhnen. Du bleibst jetzt bei uns weil die Oma dich nimmer versorgen kann."

Na klasse. So was kann auch nur mir passieren.

Vorhin hat mich Uschi wieder gestreichelt und es hat sich gut angefühlt und ich habe beschlossen, ausnahmsweise mal nicht zu fauchen und zu kratzen.

Außerdem hat sie mir Leckerlis gegeben. Eindeutig ein Bestechungsversuch . Denkt die, ich lasse mich durch Futter und Streicheln beeindrucken?

Andererseits bedeuten Futter und Streicheln ein gutes Leben.

Vielleicht könnt ich mich an sie gewöhnen.

Aber nur vielleicht.

Und nur, wenn sie den schwarzen Katzenfänger rauswirft – den will ich nicht.

Ich mach's wie immer.
Ich warte mal ab.

Wir ziehen wieder um und ich bekomme eine Wiese

Es passiert schon wieder. Wir ziehen um. Ich erinnere mich, dass das früher, in einem anderen Leben, ebenso war und ich glaube jetzt, dass Menschen geradezu zwanghaft andauernd umziehen.

Uschi tröstet mich: „Teilchen, es wird schon alles gut und du wirst die neue Wohnung lieben. Die hat nämlich eine Terrasse und einen Garten mit einer herrlichen Wiese".

Keine Ahnung, was eine Terrasse und ein Garten und eine herrliche Wiese sind. Ich weiß nur, dass ich jetzt für immer bei Uschi bleiben möchte und wenn sie umzieht, dann soll sie mich gefälligst mitnehmen.

Den schwarzen Katzenfänger nimmt sie leider auch mit. Ich habe mittlerweile gelernt, ihn zu ignorieren und mit Verachtung zu strafen. Scheint ihn zwar nicht sehr zu beeindrucken aber wenigstens lässt er mich in Ruhe.

Also kann ich jetzt wieder in Kartons krabbeln, auf Stapeln herumhüpfen und mit Wollmäusen spielen. Fein.

Uschi nimmt mich mit. Und den Katzenfänger und die langweilige Schildkröte leider auch.

Ich hasse Fahrten in der Transportbox. Man weiß nie so genau, wo man dann landet und da wird's mir jedesmal schlecht und ich kotze und dann krieg ich Schimpfe.

Wild schaut es in der neuen Behausung aus – die ganzen Kartons sind auch mit uns umgezogen und stehen jetzt überall im Weg rum.

„Teilchen, du stehst im Weg rum", sagt Uschi zu mir.

Auf jeden Fall hab ich etwas völlig Neues und Aufregendes entdeckt.

Da gibt es ein großes Fenster, das geht katzenfreundlich bis zum Boden. Und wenn ich da durchschaue, dann sehe ich lauter grünes Zeug.

„Teilchen, das ist unser Garten. Und die Wiese wird dir gut gefallen, da kannst du spazieren gehen, am Gras riechen und dich herumwälzen", verspricht mir Uschi.

Fein, das klingt gut – also lass' mich raus!

„Aber zuerst musst du noch zum Tierarzt und geimpft werden, mein Liebes!"

Das klingt nun aber gar nicht gut. Bedrohlich geradezu.

Einen Tag später werde ich wieder in die Box gestopft. Uschis liebe Stimme kann mich nicht trösten. Als sie mich rauslassen habe ich zweimal gekotzt und verpasse der Arzthelferin, die nach mir greift, erstmal einen Riesenkratzer auf der Hand.

Sie blutet und flucht. Gut hab ich das gemacht.

Irgendwie und mit vereinten Kräften fangen sie mich trotzdem ein und ich bekomme zwei schmerzhafte Piekser verpasst. Was soll denn das?

Auf jeden Fall darf ich morgen in den Garten, das hat mir Uschi versprochen und ich werde so lange an der Terrassentür kratzen bis sie mich rauslässt.

„Teilchen, du machst die ganze Gummidichtung an der Tür kaputt", schimpft Uschi am nächsten Tag und macht endlich, endlich die Tür auf.

Die Wiese ist wunderbar weich und riecht so aufregend und vielversprechend. Das Beste an der Wiese sind die Grashalme. Die kitzeln erst in meiner Nase wenn ich dran rieche und dann nochmal in meinem Hals, wenn ich sie fresse. Und dann muss ich wieder kotzen. Aber diesmal tut es richtig gut und weil es was Gutes ist mach ich's in der Wohnung.

Uschi schimpft fürchterlich. „Kannst du das nicht gleich draußen machen, du Ferkel?"

Irgendwie kann ich es ihr nie recht machen aber im Großen und Ganzen bin ich doch sehr zufrieden mit der neuen Situation.

Ich kann raus und rein – so oft ich will.

„Teilchen, ich bin doch nicht dein persönlicher Türöffner", beklagt sich Uschi, wenn ich zu oft an der Gummidichtung kratze weil ich raus und dann schnell wieder rein will. Es wird Zeit dass sie merkt, dass sie genau dafür da ist. Deshalb ist sie ja meine Uschi.

Außerdem kauft sie mir dauernd neue Katzenliegeplätze. Mal rund, mal viereckig, aber immer sind sie weich und kuschlig. Da lieg ich dann immer ein paar Tage lang drin, aber so richtig lieben kann ich sie nicht. Sie riechen so unangenehm neutral.

Am liebsten lieg ich auf Uschis Sofadecke. Die riecht so schön nach ihr.

„Teilchen, dass du auch immer auf meiner Decke liegen musst", sagt Uschi dann immer, „alles ist voller Katzenhaare."

Na klar ist alles voller Katzenhaare – schließlich bin ich kein Hund.

Der schwarze Katzenfänger benimmt sich neutral – wir ignorieren uns weitgehend. Uschi und er behaupten immer noch, dass er eigentlich Willibald ist. Aber das kann jeder sagen. Die behaupten ja auch, dass einem beim Tierarzt nichts passiert ...

Jedenfalls ist es jetzt richtig gut. So soll es bleiben.

Es bleibt nicht ganz so ...

Eine laute Knallerei und der Beginn einer großen Liebe

Doch, richtig gut habe ich es hier – ich bekomme leckeres Futter, habe immer ein sauberes Katzenklo und darf meistens raus in den Garten wenn ich will.

„Teilchen, du beschäftigst mich ganz schön den lieben langen Tag", seufzt Uschi, „ich bin doch nicht deine persönliche Dienerin!"

Sie hat es eben immer noch nicht kapiert, dass sie genau das ist.

Dafür liebe ich sie ja auch und lass sie mich streicheln – wenn mir danach ist.

Die Reinemachfrau liebe ich auch. Obwohl sie nach Hund riecht. Und obwohl sie jedesmal dieses schreckliche laute Monster hervorholt, das sie Staubsauger nennt. Zum Glück kann das Ding nicht auf den Schrank springen.

Die Turnfrau, die auch jede Woche kommt, die liebe ich ganz besonders. Die riecht so spannend nach anderen Katzenkollegen. Blöd nur, dass sie sich immer nur um Uschi kümmert und nicht viel Zeit für mich hat. Die muss ich dringend umerziehen.

Draußen im Garten sieht es jetzt anders aus. Die Blätter der Hecke sind braun, fallen ab und tanzen lustig im Wind.

Und eines Morgens, als ich zur Tür rausschaue, ist die grüne Wiese verschwunden. Eine weiße Decke hat jemand über Nacht draufgelegt.

Ich weiß nicht was ich davon halten soll und mache ein paar vorsichtige Schrittchen.

Brrrr, ist das kalt und nass. Scheußlich kalt. Wenn ich reinbeiße, dann ziept es an den Zähnen.

„Schnee ist das, Teilchen", lacht Uschi und singt ein lustiges Lied von einer Katze, die im Schnee läuft. „ABC, das Teilchen lief im Schnee. Und als es wieder rauskam, da hat es weiße Stiefel an …"

Nein, nein, nein … ich werde kein Schneeläufer werden. Zu nass ist das und zu kalt. Lieber rolle ich mich auf dem Sofa ein und warte mal ab.

Manchmal ist Abwarten keine gute Idee. Es kommt nämlich ein Tag, den die Menschen Silvester nennen und ich höre Uschi sagen, dass ich vielleicht doch Angst bekommen könnte.

Ich doch nicht! Ich habe vor nichts und niemandem Angst. Außer vor dem Tierarzt, vor der Transportbox, vor den Nachbarskatzen draußen, vor dem Staubsauger und manchmal noch vor dem schwarzen Katzenfänger.

An diesem Tag, als es abends dunkel wird, beginnt auf einmal ein schreckliches Geknalle.

„Prost Neujahr!" ruft Uschi und *Prost Mahlzeit* denke ich. Ich habe Angst, schreckliche Angst.

Da steht auf einmal der schwarze Katzenfänger vor mir. „Geh zu Willibald, Teilchen", schmeichelt Uschi, „der wird dich beschützen!"

Eh ich's mich versehe haben mich zwei starke Arme hochgehoben und ich kann mich an eine breite Brust kuscheln. Gut und sicher fühlt sich das an.

Willibald – ich glaube, ich werde den Katzenfänger in Willibald umbenennen und ich beschließe in diesem Augenblick, ihn zu lieben und zu meinem Eigentum zu machen.

„Teilchen, ich bin doch nicht dein Eigentum", brummelt Willibald jetzt immer, wenn ich auf seinen Schoß springe sobald er vor dem Ding mit den Klappertasten sitzt. Aber das klingt nicht sehr überzeugend – eher liebevoll.

„Teilchen, du bist nicht lernfähig", beschwert er sich dann, wenn ich darauf bestehe auf seinem Schoß sitzen zu bleiben. Da täuscht er sich aber. Doch, doch, ich bin lernfähig. Ich habe gelernt, dass Willibald jetzt mir gehört.

Ja, Willibald, mein Eigentum bist du – und Uschi auch und jetzt kann mir nichts mehr passieren.

Zwei Menschen die nur mir gehören und die ich liebe.

Ein Garten mit einer Wiese auf der lustige Grashalme wachsen – meistens jedenfalls.

Eine Wohnung, in die ich die Grashalme dann wieder spucken kann.

Ein Sofa mit einer weichen Decke, in die ich mich einkuscheln kann und die nach Uschi riecht und ein Willibald, dem ich nach Herzenslust auf dem Schoß herumtreteln kann und der mich in seinen starken Armen beschützt, wenn es draußen knallt und blitzt.

So ist es gut.
So soll es bitte bleiben.
Was bin ich doch für ein glückliches Teilchen …